TRAVESURAS DE ANIMALES™

Flor y Flora son amigas para siempre

por Barbara deRubertis • ilustrado por R.W. Alley
traducido por Madelca Domínguez

KANE PRESS / NEW YORK

La clase de la Srta. Alfabeto

Nina Ñandú

Omar

Pilar

Quico

Rosa

Silvio

Teresa

Úrsula

Víctor

Waldo

Xochtiel

Yazmín

Zacarías

Srta. Alfabeto

The Library of Congress has cataloged the English edition as follows:

deRubertis, Barbara.
Frances Frog's forever friend / by Barbara deRubertis ; Illustrated by R.W. Alley.
p. cm. — (Animal antics A to Z)
Summary: Frances Frog and Felicity Fox are best friends, but sometimes
Frances's foolishness is no fun for Felicity.
ISBN 978-1-57565-317-4 (library binding : alk. paper) — ISBN 978-1-57565-310-5 (pbk. : alk. paper)
[1. Best friends—Fiction. 2. Friendship—Fiction. 3. Behavior—Fiction. 4. Frogs—Fiction. 5. Foxes—
Fiction. 6. Alphabet. 7. Humorous stories.] I. Alley, R. W. (Robert W.), ill. II. Title.
PZ7.D4475Fr 2010
[E]—dc22   2009049879

ISBN 978-1-57565-370-9 (ebook)

Spanish edition ISBNs: paperback 978-1-57565-912-1; ebook 978-1-57565-913-8

10 9 8 7 6 5 4 3 2 1

Publicado por primera vez en los Estados Unidos de América en 2017 por Kane Press, Inc.
Impreso en China

Editora: Juliana Hanford
Diseño del libro: Edward Miller

Travesuras de Animales es una marca registrada de Kane Press, Inc.

www.kanepress.com

 Pónganos "me gusta" en Facebook
facebook.com/kanepress

 Síganos en Twitter
@KanePress

Flor la rana tenía muchos amigos en la escuela de la Srta. Alfabeto.

Pero su mejor amiga no iba a su escuela. Se llamaba Flora y era una zorra.

Flor y Flora eran muy diferentes.
Flor tenía la piel abultada.
Flora tenía pelaje.

Flor era extravagante.
Flora era sencilla.

Flor era inquieta.
Flora era calmada.

Flor era chistosa y le gustaba reír.
Flora era seria y algunas veces
fruncía el ceño.

Y, frecuentemente, Flor hacía
tonterías mientras que Flora nunca
hacía ninguna tontería. Sin embargo,
eran muy buenas amigas.

Flora se sentía feliz cuando estaba con Flor.

Flor la ayudaba a hacer cosas atrevidas, aun cuando Flora tenía miedo.

Flor siempre podía contar con Flora.
Si Flor tenía un problema, Flora
casi siempre lo resolvía.

Un día, Flor y Flora planearon un pícnic.
Cada una empacó su comida favorita.

Flor llevó papitas fritas y soda.

Flora llevó frutas frescas, tacos de pescado y yogur.

—¡Qué banquete tan fabuloso de comida frita! —dijo Flor.

—¡Qué banquete tan fabuloso de comida saludable! —dijo Flora.

En cinco minutos, Flor se había
terminado TODA su comida.

Unos minutos después, se sentía fatal.

—Estoy demasiado llena. Mi barriguita va
a reventar —se quejó Flor—. ¡Tengo dolor de
BARRIGA!

—¡Ay, Flor! —dijo Flora frunciendo el
ceño—. Te llenaste de cosas fritas Y comiste
muy rápido. ¡Eso fue una tontería!

Pero Flora se sintió afligida por Flor.
Ayudó a su amiga enfermita a ir
hasta su casa.

Una tarde de otoño, Flor y Flora
jugaban fútbol americano.

Flor pateó el balón hasta el otro
extremo del terreno.

Flora hizo una jugada
fantástica y lo atrapó.

Corrió por el terreno a toda
velocidad.

Pero Flor se puso a saltar, a mover los brazos arriba y abajo y a agitar las manos.

¡La pobre Flora se puso nerviosa y se confundió! Tropezó y soltó el balón.

Flor aprovechó y se lanzó sobre él.

Flora cruzó los brazos.

—Flor, algunas veces haces trampa. Eso que hiciste fue una tontería. ¡Por favor, discúlpate!

—¡Ay, Flora! —dijo Flor riendo—. ¡Yo solo me estaba divirtiendo!

—A MÍ no me pareció divertido —dijo Flora frunciendo el ceño.

Una tarde soleada, Flor y Flora
fueron a la piscina.

—Flor, ya sabes que no soy una
fabulosa nadadora —dijo Flora—.
Así que me acostaré en el flotador.

Flora se acostó en el flotador con mucho cuidado. Luego, le advirtió algo a Flor.

—No hagas tonterías —dijo—. ¿Me lo prometes?

—Sí —dijo Flor riendo.

PARTE PROFUNDA

Flor se lanzó del trampolín.

Dio una sofisticada voltereta en el aire.

Y cayó al agua provocando una
enorme ola.

Flor chapaleteó con las manos y los pies.

El flotador de Flora se llenó de agua.

¡Y Flora se cayó del flotador!

Flora estaba desesperada. ¡Y muerta de miedo!

—¡Ayúdenme! ¡Ayúdenme! —gritó Flora.

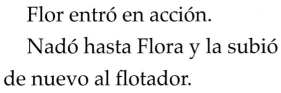

Flor entró en acción.

Nadó hasta Flora y la subió
de nuevo al flotador.

Y con mucho esfuerzo, la
sacó de la piscina.

Flora estaba que echaba chispas cuando
Flor la sacó del agua.

Flora estaba furiosa.

—Eso no fue divertido, Flor —dijo Flora—.
¡Eso que hiciste fue una gran tontería!

Flor se sentía fatal.

—Lo siento, Flora —dijo Flor—. No quise asustarse. Tú eres mi amiga para siempre.

Por primera vez, Flor parecía realmente arrepentida.

—Te perdono —dijo Flora—. A veces eres una ranita tonta. ¡Pero eres fantástica rescatando gente de la piscina!

Finalmente, en lugar de fruncir el ceño, Flora sonrió.

—Flor, tú también eres mi amiga para siempre.

A partir de ese día, Flor la rana fue
una amiga más amable y considerada.

Aún le gustaba divertirse.

¡Pero antes se aseguraba de que Flora
la estuviese pasando bien también!

DATOS DIVERTIDOS

- **Dónde viven:** ¡En todo el mundo excepto en la Antártica!
- **Crías:** Casi todas las ranas nacen en el agua como renacuajos. Pueden vivir en tierra una vez que pierden la cola y les crecen las patas.
- **Tamaño:** Algunas ranas son tan pequeñas que pueden sentarse en la punta de tu dedo. Pero algunas pueden llegar a medir más de un pie de largo, ¡sin incluir las patas!
- **Comida favorita:** Sobre todo insectos y lombrices, ¡pero algunas ranas también comen roedores, serpientes y otras ranas!
- **¿Sabías?** Las patas largas y fuertes hacen que las ranas salten muy bien. ¡Las patas palmeadas hacen que sean excelentes nadadoras!

VUELVE A LEER

Aprender a distinguir los sonidos de las letras (fonemas) al principio, en el medio y al final de las palabras se llama "consciencia fonética".

La palabra *flor* comienza con el sonido *f*. Escucha nuevamente la lectura del texto de la página 7. Cada vez que oigas una palabra que empiece con *f*, da un saltito como una rana y di la palabra.

- Más difícil: Escucha la lectura de las palabras del cuadro. Cada vez que oigas una palabra que comience con *f*, salta hacia adelante. Si la palabra tiene el sonido *f* en el medio, salta hacia atrás.

fruncido	**cafetera**	**feliz**	**fabulosa**
confiado	**afiche**	**famoso**	**fantástico**

¡INTÉNTALO!

Los famosos nenúfares de la rana Flor

- Dibuja 6 hojas de nenúfar en una hoja y recórtalas.*
- Escribe una *f* verde en una de las hojas. Escribe las **vocales** *a, e, i, o, u* en **rojo** en otra.
- Trata de formar tantas palabras como puedas que comiencen con las combinaciones de *f* y una vocal usando las hojas de nenúfar que dibujaste.

*Una hoja lista para imprimir con 12 nenúfares está disponible en inglés www.kanepress.com/animal-antics-a-to-z-activities

(Palabras que podrías formar: fabuloso, feo, fino, foco, funesto)

Para ver otras actividades, visite el sitio web en inglés **www.kanepress.com/animal-antics-a-to-z-activities**
¡Allí también hallará la receta de la ensalada de frutas frescas de Flor!